森がたり

進藤ひろこ

思潮社

森がたり

進藤ひろこ

目次

装画＝戸次祥子　組版・装幀＝思潮社装幀室

今日一日　の仕事を　終え　夜の深さに
抱かれ　はるのから　内部へと　もう行けない
場所や　逢えない　人たちに　頭蓋骨の　迷路を　奥へ奥へと
さまよい　逢いにゆく時間　はるの　おもてに
あらわれているのは　ほんの　いちぶ

森がたり

進藤ひろこ

森がたり

半魚人が住んでいそうな汐留の　街を煎る熱量から逃れ
待ちわびた夏休みと同時に　やってきた
まるい森を　跳ねまわっていた光の肌触りが
急に尖りはじめた　盆過ぎのある朝
地元の愛好家たちの誰にも気づかれないうちにと
竹のビクを背負い朝露で湿った森の奥に　入っていった

なつかしい　それでいて　どこかなやましげな匂いが
ひっそりと漂ってくる辺りを　小一時間ほど歩きまわった頃
見覚えのある　瘤持つカラマツの老木が手招きしたから
下草をよけながら近づくと　靴裏に当たる柔らかな土の感触を

かすかにはね返す　響きがあった
枝葉が指絡め合うその下に　固く締まった
帽子頭を少し傾げたアカジコウ　ジコボウ　森の小坊主、森の精！
傷つけない　このキノコたちを私も
傷つけないよう　そっと　そっと　と
探しあてられた至福感のうちに　ひきよせる　ひととき

軽々と口にはできなかった　大きな言葉
の翳が　刹那の中に宿るのを見逃さないように
大切に、たいせつに持ち帰ろう
淋しさは油断すると
すぐに　追いかけてくるから

雨だれが一粒　落ち葉にそっと口づけると　その下のキノコの
張りつめた胞子が飛び散り　白い煙となって
森にばらまかれる　生命の dance

不安の胞子ばかりひろがって　息が浅くなっていく日々のあと
本降りになる前に　暗くなる前に帰らなければ
森の枝折（しおり）を挟んでおいた
小径を抜けて　同じ場所を
堂々巡りする羽目にならないように

かりそめの家に戻り　ストーブの火をおこし
テーブルの上に並べたキノコたちにこびり付く
カラマツの雪の結晶のような尖った葉を　丁寧にこそげ落とし
食事を作って食べ　後かたづけをして　ホッと一息いれる頃

森の端が　裏返り　夜の森が　動きだす
家の中が　ひとまわり小さくなっていく

枯れ葉の天蓋や全力で地中に掘った
柔らかな穴倉に　身をひそめていた生きものたちが

森の奥に向かって　開かれていく
アルファベットのように　枝々を
内側から綴っていく　無数の鳥
モグラやリスや野ウサギやらが安全な巣穴から　少しだけ遠出する時刻
今夜の獲物を狙う　ふくろうが爪を立てるまでに　あと数十秒

絡み合う木々の枯れ葉に残る　きれぎれの葉脈は
蜘蛛の透けるイトとなり螺旋状に
暗い森を紡いでいく　樹液が巡り　森が巡っている
森の裏の家の中にも　こくこくと　こうしんされていく世界中の網
見えない蜘蛛のイトに　掬われたり絡めとられたり　している

コンクリートの森では　いつも迷ってしまうのに
その窗窗に矩形重ねる西陽の　遠さに
懐かしさのような胸苦しさ　憶えることがある
都会の真ん中で細胞に息づいていた　小さな森が蠢く

そこに巡った　どの季節から　はぐれてしまったのか
対極の巡りのすき間に身を薄くして
神経のイトを張りつめると
昼間は聴こえなかった森の音　森がたりが
地を這い　木々を揺さぶり訴えてくる

あまりにも小さかったので　もう一度落ち葉の寝床の奥深く
戻してきたジコボウが今ごろ　暗い夜の森の深さを
同じように首を傾げたまま耐えている姿を　思い描き凌ぐ
夜は長い
夜の窪みに　森をはらんだ風が吹きすさぶ
みっし　みっし　ぶぅおーん
ほぉーし　ほぉーし　ぶぉーん
木々を打ち　イトを引きちぎる勢いで
森がたりの切れ端がぶんぶん唸っている

昔々　森は物語の住むところ
宿っていた物語の種や言葉の実らしきものも
風に煽られ　揺れている

物語は　いつも端から　脇のほうから　裏返っていく
よりみち　わきみず　わきみちのあたりから　ふいに

辺境ばかり細かく詳しく記憶され記録され
真ん中が煤けぼやけた地図を
なぞっていくと　どんどんずれていく
ほつれる縫い目　ひろがる穴
夜の森は　打ちながら撃たれていた

言葉を持たないものたちの　近くで
語り尽くせない　森がたりを
睡らずに聴いている夜の　窪みの深さ

*アカジコウ　アカマツのそばに生える食用のキノコ。ジコウは地小坊主が訛ったものとの説がある。
ジコボウ　ハナイグチの方言名で、カラマツの分布する場所に多い。

雨音に包まれた物語

さはなーばぁばぁとぅ　さはのぅぶなくとぅ＊

ゴンドワナ大陸はゴンド族の祈り

窓を伝って　細かい銀糸の雨が
あとからあとから降り続き
地上は雨のカーテンにすっぽり覆われ
膕(ひかがみ)や顎(おとがい)まで　じめじめじめじめ
木々も鬱蒼と雨の匂いをばら撒くから

ちょっと止んだ隙をみて

梅雨空を泳ぐように
坂道を昇っていった
掌がたっぷり水を含んだ空気を
切るたびに　指先から雨粒が滴り落ちそう

坂の上の博物館には　むかしむかし
南米　アフリカ　インド　オーストラリア　南極にまたがる超大陸
ゴンドワナ大陸に　広く生育していた記憶のしるし
その名の由来の　舌を嚙みそうな植物
グロッソプテリスの化石が陳列されていた
湿った場所を好んだという羊歯状の種子植物が
垂直に連なる巨大な時間の束をくぐり抜け
ひと仕事終えたように
ひっそりと　寛いででもいるようだった

水の上を音が転がり

翼の形にひろげた耳に　落ちてくる　鈴(りん)　鈴(りん)　鈴(りん)

忘れないで　忘れがちになることたちを
刺していく一針一針の縫い目　おびただしい縫い目の連なり
よく見ると　たどたどしい整列だけど
巨大な時間の帯を　縫い上げているよ

細長い舌を伸ばしたり　丸めたりしながら
原初の象形文字たちが雨の博物館で
語るしるしを　受けとっている私も
時間の広大な円柱の中　地上に落ちた一粒の雨粒
今にも消えて失くなる　形
化石になって　くぐり抜けることは叶わない
形の中を　言葉が　往き来する
入れ替え差し替えするたびに　形も微妙に
たわんでゆく

雨粒の表面張力が緩んで
ひろげた翼状に張りつめた耳が
博物館のひときわ高い天井の先へ
時の源のほうへと　ふわふわ　ふぅあふぅあと
羽ばたいていくのを見ていた

ゴンドワナ大陸とは　サンスクリット語でゴンド族の森というしるし
中央インド　ゴンド族の神話的世界『夜の木』の
物語に出逢ったのは　年の瀬　雪の降る日
今は　バラバラのピースに千切れてしまったけれど
もともとは　ひと続きだったゴンドワナ大陸
梢が　蛇や鳥になり楽器になったりする木々が連なる森で
風に揺れ雨に打たれた　雫で綴られた物語

異なる時を抱きしめたまま
坂の上の博物館にはるばる　流れ着いた

グロッソプテリス　グロッソプテリス　舌を刺す
ゴンドワナ大陸は　ゴンド族の祈り

さはなーばぁばぁとぅ　さはのぅぶなくとぅ

雨のカーテンに包まれた場所で聴いている物語

＊サンスクリット語で守りたまえ、導きたまえの意。

砂と木とロバが

さらさら　しゅるしゅる　すーる　すーる
砂地に生えた木が　揺れている
メリア　　細い白い花の先に精霊宿り
アルガン　豊かな実のそばにヤギも成る
ユーカリ　その根が深く地下で微睡んでいた水分を引き寄せ
砂地に緑を　滴らせていく
イチジク　実の中で生まれた蜂が花粉を運び
別のイチジクの中にと　命が連鎖して
色とりどりのヒシャブを被った女性たちが　大きなヤシの葉の箒で
落ちた葉や種子を器用に綺麗に履きさっていく午後

サハラのうねる窪みに　なみなみと注がれた朝日を
ひと掬い飲み込むように　ゴクリと喉を鳴らしたのは
あれは　今朝？　それとも三日前のこと？
時間や記憶も乾いた砂の前で　ぼろぼろと崩れ落ち
根から梢まで　たっぷりと水を湛えた木ばかり見てきた私の眼を
こじあけ解きほどいていく　どこまでも乾いた風
踊るアラビア文字

バラク　バラク*
フェズ　ラビリンス　メディナの喧騒
スークのすき間を　人とロバが　すれすれで　すれちがう
やさしい目をしたロバが　ずり落ちそうな重荷を　人の代わりに背負っている
蠅がうるさく付きまとうけど　四本の細い脚で踏ん張りながら
黙々と文句のひとつもこぼさず
誰かの荷物を　二十五年そこらのロバの命尽きるまで

ロバに乗るなら　せめても痩せてよ　おじさんオネガイ
ヒトのモット　モット　の結び目がモウ　モウに解けたなら
深煎りコーヒー豆色した瞳　の底に固めた
哀しみのゼラチンさえ　ゆらめいて　ながれだすとき
あまりに遠くまで来てしまった
人の行く先さえ　案じてくれているようで

バラク　バラク　危ない　危ない

＊アラビア語で危ないという意味で使われる。

種まく人

尖ったフォークの枝々をすり抜けた　群青が
空を　どこまでも押しあげていた
アムステルダムから車で一時間ほどの
オッテルローの　ゴッホの森　と名づけられた公園の中
クレラー・ミュラー美術館は　森の中に耳を置き忘れたかのように
静謐で　ひんやりとした空気を　纏っていた
一歩足を踏み入れれば　向日葵も　糸杉も　荒くれた木の幹も
私の芯の奥深く　忘れてはいなかったはずだと
強い風粒をまき散らし揺さぶっていく

円い太陽が反射して日暮れ前のひと時

麦の穂色の光で溢れている『種まく人』に
呼びとめられたような気がした
耕した畑の中に
無数の光の矢をちりばめた道が
こちら側に向かって架けられ
開かれていたせいだろうか
思わず軀が前に傾いで　差しだされた世界の
厚く塗りこめられた粒子のうちに紛れこんでいた

刈られた草と土の匂いが立ち昇ってきます
ザッ　ザッと畑を踏みしめ種をまく人の確かな足どりの音が
身についてしまった雑念を　ふるい落としていきます
蒼い質素な作業着とカーキの帽子と長靴に身を包み
朝から休む間もなく耕した土の上に小さな茶色い種が
生まれたての文字のように　ぱらぱらと混じっていきます
沈みゆく太陽が種まく人を後光のように照らして

大空と大地の境　軀ひとつで送りだされた　その場所に広がる畝の中
今日できることを黙々とこなしています
鴉がやって来て　掘り起こされた豊かな大地から
餌を啄ばんでいきます

「神の言葉の撒き手――僕はそれになりたかった」
書簡に刻んだ画家の言葉は　無数の光の矢となり
大地に沈むぎりぎりの位置で
種まく人の苛酷な日々の重さに
耐え　輪郭を支えています

太陽も空も大地も　刈られた草もすべて
形から溢れ　ひとつの大きな想念の元に　動きだしています
もっと　もっとその先の光を探し求め絵筆から転げ落ちそうな
勢いを　そこに押しとどめているものは
種まく人への　画家の仕事への　肌にしずみ濾過された

祈りの　杭なのでしょうか
よく見ると　畑の向こうの小屋に立つ二本の木　鴉や
種まく人さえも　刻々と迫りくる夕暮れに
隠しきれない心もとなさを
炙りだされているようです

あなたから放たれた光の矢を一本
身のうちにしずめ持ち帰った私は
耳を置き忘れてきた静謐な美術館のフロアの上で
頭を垂れ「Dank u wel」* とたどたどしく
覚えたての言葉を呟いている

＊オランダ語でありがとうの意。

さくらマトリョーシカ

すっかり　途方にくれ
花びら透かす　眩しさの
芯に花冷えの塊　抱く空の下
身を隠す藪沢も森もなく
それぞれの事情抱え
異国からたどり着いた若いカップル
さらされて街角　Hotel の金ぴかの刻印
ポケットにはコインの手触り　こころもとなく
プシュー　ドアが閉じ目的地ある
客たちを吸いこんで　走り去るバス
そこだけ切り立つ断崖の上　一歩も

身動きできない　去年の二人

廻り　廻れ　季節の滑車　雲の広場　かき分けて
去年のさくらマトリョーシカ　脱ぎ
今年のさくらマトリョーシカ　咲き
は　な　び　ら　ほどけ
葉　名　微　螺　くるくる舞い
去年今年（こぞことし）　境い目の殻　つぎつぎ破り
Yêu*　放たれた言葉の翳に分け入り
ひきちぎられた首飾り　いきのつなぎめ　路上にこぼれ散り
固そうな蕾　ほどけて　ひらいて　空さえも咬みちぎる勢いで
去年視たヒトも　その前に視たヒトもおおいつくし
はるかかなた　はじまりのマトリョーシカのほうへ
ひとこと　ひとひら　こいびとから　ここくから
ずらした位置から　ここからかなたへと
刻みこむ営み　文字　その奥へ奥へと

かるがる　舞いあがれ
今年の二人

＊ベトナム語で愛の意。

接骨木（にわとこ）*

接骨木の花が　咲いた
画像のあちこちに走る白い水玉に似ていた
去年までは白く小さな花びらが　ひらがなみたいに
ぽっぽっとたおやかに　届いてきたのに
接骨木の花が　痛い
覆いかぶさるものを　せめて何枚かにわけ　薄く切りとっていくと
透ける薄片に　いくつもの景色が映っては移ろい
うつってはうつろい　やがてうつろに

接骨木の花が　昏い
毎朝見るのが　辛かった

画像のあちこちに走る白い水玉を見た夜中
なぜだろう　なまじひに　いたわし　なずさふ
などと　馴染みのない言葉が
眠っていた細胞の小部屋から迷い出たのか
軀中　ひたひたと滲みわたってきた
ずっと　頑張ればどうにかなると
自分に　言いきかせてきた

ガンバッテモ　ミズタマモヨウハ　ケセナイ
ガンバレナイカラ　ガンバラナイヨウニ　ガンバッテミル
チガウ　クチゴモリ　ヒキコモリ

痛みが　私の処世の言葉の屋台骨を覆す
光が当たるのと　闇に包まれているのとでは
艶　手触り　赫（かがや）く傾斜が同じ存在と思えないくらい　悠（とお）い
闇は光のふるさとで　その裂け目から光は零れてきたのに

痛みが　紗をかける
接骨木は聖なる木とも　魔女の木とも言われてきた
ガンバッテという語調の強さにかき消され
口籠った声は　重なり吹き積もっていく
落葉の密やかな話し声がぽつぽつと　聴こえてくる
いつの日か発酵して　やわらかな堆肥になるのを
沈黙の中に身を置いて待っていたのか

サケメカラノゾイタ　ソラノ　ヒロガリ
ズットオオイカブサッテイタ　ココロノオモシヲ　ハズスヨウニ
イタミニ　カラダヲササゲルヨウニ
ヨコタワッテミルト
フシギナ　ヤスラギノヨウナモノニ　ヒタサレテ

いつの間に　接骨木の白い花は通り過ぎ　そこを赤い実が覆いつくしている

＊スイカズラ科の落葉低木。昔は接骨した時の治療に、その枝を使ったことから折れた骨を接ぐ薬草という意味でこの漢字の名前がついたという。

蜂巣*

吐く息と吸う息の　繋ぎめ
冴えわたる大気の　閾に合わせ
境界線を貫き　こじ開けていく
季節の変わりめの風　びゅんびゅん
ごつごつした裸の一本の木　さながら
受けとめ歩いていった

その先にひろがっていた葉も茎も
枯れ果て　一面　茶色の蓮池
茫々　ぼうぼうと　花の面影は一片もなく
幾何学模様織りなす枯れ枝に混じり

水の中に浮かんでいた　蜂巣

光はねるコンクリートに
ぐるり囲まれた　不忍池
壮大な絵巻屏風が記憶から
滲み出てきたように　時を渡る風に
スクロールされ　たなびいていた
いにしえのものとも　ゆくすえのものとも
名づけようもない不思議な姿で
蜂巣は　こちらがわを覗いていた

蓮　蜂巣　花から実へ　花托から果托へと
茶褐色の葉裏に浮かびあがる
蜂巣の生きた地図
はざまが一番苦しいと
緑の蜂巣のままよりも

いっそ　小気味良いほど枯れ切って
さく　は　かれる　かれる　は　さく
かさかさくぐもった音で　託ける
注がれた風穴から　風のゆらめきに託すもの

ちょうど　七ヶ月後の花の盛りに
葉叢に鳥の翳を映し揺れうごく木々の下を
通り　同じ場所を訪れると
ひと雫ふた雫　水滴を転がす
涼やかで美しい姿があちこちに
日時計に合わせ　午まえには
咲きほこる形をほどき
纏っていたものを一枚また一枚と
脱ぎ捨てていく
惑いつづけるものを前に
きっぱりと　水面に

またひとつ新しく
花文字を移し　崩す

ただ蜂巣だけがその位置に残って
全てを廻（み）ていた　夏の午后

＊花後の花托の姿が蜂の巣に似ていることからつけられたと言われる蓮の別名。
蓮の花の中心にある花托が成長に伴い蜂の巣のような形になる。

雫

羊雲が　ビルと　ビルの　間を
遊牧していく　その少し下　空に刺す　一本の栞
メタセコイア　雲は高層ビルを　跨いだり蹴ったりしながら
通り過ぎ　変わらぬ姿のまま　メタセコイアは　読みかけの
大空を　挿みつづける　木枯しが　たくさんの　かつて眩しく
鮮やかだった　言葉の色彩を　振り落とし　忘れ去られた　としても
雲の雫が　霧に　霜になり　枝々に　降りかかる雪の上に　鳥の
足跡さえ　初めての　言葉のように　たたえ　佇む　その位置の
確かさ　やがて　朝霞　が訪れたなら　薄みどりに
芽吹きはじめた　こ　と　ば　の　雫が　一滴。
喉元を　伝い落ちて　いく　一生

地鎮祭

祈りのことば刻む
ひと握りの土が盛られ
土地神様に赦しを乞う
地鎮祭が行われたのは
いちめんの草いきれ
や　過剰な生きものの気配を　風が
かき混ぜていった　夏の午后

秋　林の細い道を曲がってみたら
一握りの土のまわりに　ひとの軀をすかしたように
木と鉄の骨組みが立ちあがっていた

年老いた夫婦がよく似た後ろ姿を
その時はまだ　並べて見入っていた
あたりには十一月はじめの果てしない空が続き
風が吹くと
骨組みのすきまを
手の届かないものたちが
行き来して

林の奥には三つ四つ
丸く裂けたあけびの白い粒々が
クスッ　クスッ　誘いかけるように微笑み
思わず歯をあてると
ねっとりと舌全体が痺れた
残った白い一粒には
月長石の輝きが置かれ
のちに記念（かたみ）の指輪として受け継がれた

ぶすぶすと空をさす枝々から
鳥たちがいっせいにとび立ち
蒼に　亀裂ができる
十一月のいちにちが　たてかけの家のまわりで
がくんと　首を垂れるように傾き

それからまた
果てしない空の下で
掌に乗るいちにちが　くりかえされて
見届けることのできなかったひとの
慣れ親しんだ語り口さえ
祓詞(のりと)言葉にしみこんでいく頃　やっと
歓びや慰みでもあったのだと
風が軀を吹き抜けていく

風が吹くと今も
あの地鎮祭の
祈りの残り香が
窓を打つ
時は　何も見なかったように
うそぶいたまま　かわらず
巡っている

鳥と木のラップ

風が雲を運び　雲が小鳥たちを呼びこんで
枝先の　飛びこみ台から　最初は恐る恐る
それから　一気に　風飛沫(しぶき)が飛び散って
ビュールルン　ビューールルン　まっしぐらに　大空に
小枝たちが　パチパチ拍手で見送っていた
アレモコレモ　ナカッタコトニシタツモリノコトガ
オキアガッテキテ　アワアワト
ズガイコツヲ　サワガシイ　トリタチガ
ヒトバンジュウ　ウオウサオウ　シテイタカラ
今日　重い頭を　足が連れて来てくれた
崖っ淵に立った時　気がつくと身体が運んでくれる場所

見慣れた大きなブナの木の前で立ち止まり
ひんやり乾いた木の肌に
呼吸を合わせるように掌をあてると
飛び立っていく鳥たちへ　歌うように囁くように
イツデモココニ　イルヨ
キミラガ　アビル
ミタコトノナイ　ウミヤ　マチノ　リズム
ワスレズニ　コノバショノ
ココニ　イルカラ　カエッテキタラ
キザンデオクレ　マッテイルヨ
剝がれて白っぽくなった　樹皮の奥から
こんこんと湧きあがる　ブナの思いが
伝わってくる　ほどかれていく
変換されていく　ヒトの言葉と森の言葉が

立ちのぼってくる薫りに包まれ
風がページをめくってくれる　リズムに身を任せているうちに
狭い頭蓋骨の中で　アワアワしていた私の鳥たちも
一羽　また一羽と　大空の深みに　溶けこんでいったようだ
残された私も　たぶん来た時よりも　ヒトの気配が薄くなり
キノコの生態系に組みこまれ
足元の黒いレースの縁飾りのような木陰が　揺らいだり
シジミ蝶やオオムラサキが　誘うようにやって来たりすると
これ幸いと胞子になって　ふわふわと浮游し始める

日盛り過ぎれば　森の空気は急に　ひんやりしてきて
気をつけないと
入ったまま帰って来ない人もいたと　村の人が言っていた

そこのページはまだ開かれずに　そのままだろうか
それとも　うつせみを脱ぎ棄てて　永遠の中で

風に吹かれて　乾いた骨の音を
静かに　鳴らし続けているのだろうか

はるの

一歩　外に出ると
わぁっと　蹴破った樹皮の下から
勃　勃　わきあがる草木
スギ　イネ　ヒノキ　シラカンバらの花粉で
薄荷色のヴェールに　けぶった大気が
三半規管の奥深くまで　冬の不在を
咎めるように容赦なく　吹きかかってきた
目の前がちりちり揺れて　平衡感覚が微妙にずれ
とっさに土踏まずを丸めると
足指の先から　立ち昇ってくる
土ざわり　はるの

夏野菜の小さなだえんやさんかくの種を　均等に
こぼさないよう蒔いていく　指先をわたっていく
朝の凪　耕す土の下に丈夫な根を祈りながら　間引く
タンポポの　根の深さに苦戦している　おもてに　表れているのは　ほんのいちぶ
障害物を避け　不本意ながら　くねくねと進路を曲げ
身分不相応なくらい大きい瘤で　踏んばったり
しながら　地下に深く深く　根を拡げている

ヒバリ　ウグイスの鳴き声が　森の
深さを計りながら　ゆききしている
土色に染まり　はるののリズムに身を任せているうちに
言葉をおぼえる前の　したしい肌ざわりみたいな
記憶が軀の中を　通過していく
キジが　どこからか舞い降りてきて
ケーンケーンと　昼を報せる鐘さながら鳴いて

なれない畑仕事を遠巻きに
見守っている　つがいで

のを　かけまわる童たちの　姿形が
午すぎの　過剰な光や風に弾かれ解け
視界に残る　赤や青のトレーナーだけの塊
はためいて　大気の旗を力いっぱい
振りながら　遠ざかっていく
木が木から　山が山から　雲が雲から溢れ
はがれ落ち　渦をまく　水面の光が反射し
透明な焔となって　石の表面を舐めまわす
立ち止まっても　また神経のきれぎれの糸
きしきしつっぱって　葉脈のような優美な
網み目持つことは　かなわないのか

黄昏になると

今日いちにちをふわり　羽にのせ
磁場のサイン指すほうに　迷いなく
窪地から　飛びたって　いく鳥たち
はるの
おもてに表れているのは　ほんのいちぶ

おかえり

ほんとうに　生きたのだろうか
ぽろり零れ落ちた言葉
今年のセミの抜け殻に　重なって
横たわる舗道に　翳が
斜めに伸びていく

鹿が　はたけをよこぎる
車も　よこぎる
鹿は確かめるように振り返って
こちらの視線を
ぐっと　つかむ

つかまれた視界の端から
飼い慣らした
はずの淋しさが
滲みでてしまう

始まりの秋が
脊髄の底を
立ち昇りはじめ
はやく　おかえり
ジビエという名で閑雅な皿などに
盛り付けられたりしないうちに

ほら裏山に　四時三八分発
小諸行きの小海線の
音が　近づいて
西日に　ギラリ反射する窓が

後を追う
草いきれをかき混ぜ
空気が緑色に染まって
さっきまでとうって変わって
冷たい水のような風が
頬を撫でていく

今だよ！
はやく　おかえり
あいまいな微笑みにも似て
すべてが許されそうな気にもなる
このあわいのうちに

解けていくネジの上に
新しい同じネジが
上書きされ　巻かれている

去年までと　まったく同じ色調と質感で
鳴いていたセミの声が
螺旋状のドアをしめていく

ほんとうに　生きたのだろうか　カナ？　カナ　カナ……

光の糸が　一本ずつきりとられ
暗闇が　放たれた言葉の
翳ごと　閉じ込めていく

ひたひたと地下から湧き水が
滲みだす音に
水びたしになっていく
軀を一本の木のように
くくりつけ腕をしならせ
一ミリでも　とおく　とおくに

干していく　余波の
月光が　届くところへ
珠手函　地上の！
このからだが　ゆくところへ
もう少し一緒に

おかえり
今は　まだ

ロータス　誰の？

自分のロータスは自分で光を与えて
咲かせてくださいね
胸にある
はずの光に合掌した手をあてがい
音が軀に流れ　響く
眼　の　浦　に　小さくて硬そうな
赤い実がひとつ　浮かんでくる
誰のロータス？

拾えない月光に晒されて　さざ波
水の面を走っていく

縮緬似のかすかな皺を
寄せたかと思うと　ひたひた
同心円状に拡がり　山間にぽっかり開いた
眼の形の池を　覆っていく
昔　ここで溺れかけた記憶が
ブツ切りの輪の中に呑み込まれそうで
振り返らずに息も切れ切れ
ダッシュしていた

破れかぶれの継ぎ接ぎだらけの
切れ端は纏ったまま
街角のいたるところからにょきにょき
ひとの生えてくる場所に　たどり着いた
内側も外側もすべて薄められていく風
が　違うものを象りはじめた気がした

深い空に垂直に新しい森がどんどん
どんどん生えていって
忘れられた　空き地が
ふっと　消え入るように含羞(はにか)んでいた
ビルの隙間に零れ落ちる日差しが
繊細な傷口を描き
フラットな街並みに　陰影を刻んでいく

一生かかっても綴りきれない
文字たちが
あの中で　今も切り刻まれている
吸い込んでは吐き出される　ひと息　ひと言
生み出されては消えていく　夥(おびただ)しい無名の生命の小山
シュ（ヨ）レッター
に　したためた問いの返信は
いまだ届かず

眼　の　浦　には
小さくて硬そうな赤い実が　いくつも

現し身と共に　うつろう
此処から彼方へと　とりあえず
歩き続けることしか道はなかった
道々では名付けようもない　たくさんの
石ころが　くぐもり発する音が　たえずきこえていた
十一月五日　プエブラの国道沿いを
ホンジュラス人　グアテマラ人　エルサルバドル人の集団が
雨に濡れながら　何千キロという道のりを
黙々と蛇行していく人の川にであった
その先の　急斜面

眼　の　浦　の赤い実が爆ぜ　一面朱色に
何もない安らぎの境地が

あるというのなら　Ω（オ〜ム）
流れゆく水よ　地上の光よ
連れていって　連れていって
花ひらいて
継ぎ接ぎだらけのきれぎれの　ロータス
誰の　ロータス？
エルドラド[*]　誰の？

＊黄金郷。大航海時代に伝わったアンデスの奥地に存在するとされた伝説上の土地。

*

記憶の殻

薄い月の光を掬いながら　夜が傾く
一日分のすくいを求めて
小さな吐息が　あちこちで震え出す
吐息たちは　いつしか雨の実となり
膨れあがり溢れ出て　嵐に
何もなかったように　晴れあがった朝
年老いた父と二人　母の墓参りに行った
立派な胡桃の木が　古くからの共同墓地を
抱くように立っていた
「ごらんね　ゆうべの嵐で　こんねん！」
踏ん張った根と立ち向かった枝々が

武者震いしながら落とした実
Juglans Juglans*　鈴のように高らかに
嵐の夜に　別れの音　響かせ墜ちてきたよ

木漏れ日が縫いあげていく窪地のあわいに
閑かに身を寄せあう胡桃
おもむろに拾いはじめた　父の口から
言葉より先に　ホー！ホー！と驚きの音が
一列に整列していったから　この辺りは
昔　土葬だったと聞いていた私の躊躇(とまど)う心を溶かし
エプロンいっぱいに拾い集めていた
窪地の上には胡桃の木の形に
切り抜かれた　群青の深い空

秋が過ぎ冬が居座り　春が訪れ夏になり

足が萎え記憶も薄れ　父が父から抜け出して
見知らぬ存在になっていく
日がな　うつらうつらしている部屋の片隅に
同じく所在なげに転がっていた
去年の名残の胡桃　目の前にかざすと
目的を得た指が　ゆるゆる動き始め
殻の継ぎ目を見つけ出し
飽きることなく　掘り始めた
手繰り寄せられ解き放たれていく　遠い日々
この場所から紡ぎ出された　物語
握っている胡桃に
よく似た頭を傾げ　祈りの姿勢でいっしんに
剝きつづけている父の後ろ姿

Juglans Juglans　鈴のように高らかに
嵐の夜に　別れの音　響かせ墜ちてきたよ

物語が乾いた断片に　千切れ零れ崩れていく
淋しさに傾いていく　晩夏の午後
この殻を拾い集め　いつか
あの木の根元に埋めてこよう
新しい物語たちの腐葉土に　なってくれたら
手放す時が迫りつつある　部屋に
記憶の殻が　降り積もっていく
長坂　小荒間　小淵沢*　さわの淵を
躓きながらなぞるように　いくつもいくつも
季節を巡ったよね　とうさん

いつの間に　蜩に
「沙婆の苦(く)う　捨てて　安気したよう」
母の声が重なって
なつかしい　夏傾(かし)いで

もうすぐ次の季節が鈴なりの実を
枝いっぱいに　吊るしにやってくる

＊ジャグランズ。胡桃のラテン語。
＊長坂、小荒間、小淵沢はいずれも山梨県北西部に位置する地名。

可笑しなご詠歌

短日の坂道を夕焼けに焼き出され
駆け下りたのは一年半前のこと
ショートステイだからと　本人訳わからぬまま
半ば騙すように脅すように　父を
山の中の施設に置いてきました

今　そこに親を捨ててきたのだと
背中を焼かれながらの実感でした
あれもこれも束ねた熾（おき）となって
背中で　ひりひり燃えて　火の粉が
軀中を駆け巡っていきました

それからも立ち去るたびに　胸に小石が
ごろごろ詰まっているような
見繕って持っていった土産とは違う重さを
背負って帰るのが　習わしになっていました

人も車も通らない砂利混じりの道を三十分ほど
背負っていた疲れごと委ねて　一歩また一歩
歩くうちに小石も胸の窪地を転げ落ち
大地に重さを手放したように
空っぽになっていきました
踏みしめる音が一定のリズムに乗って
足裏の砂利道が　こんなふうに唄い出したのです

しんじゃうよ～しんじゃうよ～ちんじゃおろ～す～しんじゃうよ～

足裏から脹脛　太腿を通って背骨を抜け

そこだけぴんと尖って今にも飛び立ちそうな
両の耳から　ゆるゆるとご詠歌のような節で
響き上がってきました
大空には　むくむく夕焼け雲
ひと時も留まらず
千切れ飛び去っていました

こんな夕暮れ時　香ばしいゴマ油の香りが立ちのぼり
牛肉の代わりに豚コマ　筍の代わりにジャガイモが　ピーマンだけが正々堂々と本物で
皆等しく細かく刻まれて　フライパンにジュと勢い良く爆ぜ
熱々のダンスを繰り広げると　醤油　塩胡椒　酒　最後とき片栗粉を
素早く絡めて　母が作ってくれた我が家の自家製チンジャオロースーでした
汗だくになって　手頃な材料見繕い
雁首揃えた家族のために　ささささっと作ってくれた
あの　わくわくする味や匂い　歯ごたえ想い描き
何度作ってみても　何かが足りないのです

しんじゃうよ〜しんじゃうよ〜ちんじゃおろ〜す〜しんじゃうよ〜

足裏で鳴っていた音が止み
どこかの家の開け放した窓から　きれぎれに
赤子の搾りたての
音の　輝き
坂道が終わった地点で
無意味に自動点滅繰り返す信号機
あれが　結界だったのでしょうか
可笑しなご詠歌は　舗装された道からは
もう聴こえてきませんでした

さいかい　Varanasi*で

小さな花のように流れゆく子供の柩
ごつごつと水面に引っかかる母の柩
拡がる距離　のみこまれゆく川に映る空
早くも鳥たちが　聖なる水面に群がり
まだ若く柔らかな人の形を啄ばんでいく
供えられた花々は　はじかれ　とびちり　たゆたひ
のまれゆく　底のほうへ深いほうへと
Varanasiで　若い不慮の死をとげた親子が
母なるガンジスに還され流れゆく姿を見つめていたら
遠い昔の妙にリアルな夢と　それに繋がる記憶が蘇ってきた

生まれなかった男の子に殺されて
目玉だけになってしまった夢
カランと乾いた骨の音がして　細かい隙間ができてしまった軀に
ひんやりとした大陸の風が吹き上げると
糸の切れた操り人形のように一瞬ふわりと緩み
あとはボロボロと音立てて崩れ
砂塵の中で無数の欠片となって舞い上がった
足元に転がり落ちた黒いひとかけら
何もなかったような静かな光景を見つめていた

男の子が生まれなかった年の春
痛々しいくらいに膨らんだ桜の蕾の下で
ふたつの乳首も蕾に感応し硬く尖ってセーターにあたり
いたさが　いたるところに　飛びちって
コルクの展翅板の上に鋭いピンで
突き刺さっている虫にでもなったようだった

細かいビーズに似た黄や橙の鱗粉が
皮膚の表面をびっしり覆って息苦しかった

あの時から　片眼は眼の前の現実を
もう片方は　違う景色を見ていたらしい
片方の眼で見ていた世界はくるくると
ポケットにしまい込めるまで　何度も何度も折り畳んで

なもなも　見えすぎると　はぐれてしまう
したすけ　片眼つぶって　なりなりで　へばの*

離れ住むイタコが届けてくれた言葉を杖に
アスファルトの舗道から陽炎が立つと海底の風景が
ビルの透き間を　埋めつくす　埋め立て地から
目玉のまわりを金色の和毛に包まれた鳥　になって
男の子の影がとびたっていくのを

光溢れる　梢の　先に見ていた　遠い日々

いつかの北窓開く頃　死が私の　殻を解き放ったら
流れゆく死者のほとりで
歯を磨き　ものを食べ　笑いさざめくこの地を
川面に注がれる夕日と空が混じりあい
命の喧騒を静かに包みこむ頃
肉体を脱いで　はるばると
漂い流れゆくことがあるのかもしれないと思えた
Varanasi で

＊ガンジス川での罪を浄めるための沐浴や、ヒンドゥー教の巡礼者が集まるインド最大の聖地として有名な都市。英語読みはベナレス。
＊津軽弁で「なもなも」は、いいえどういたしまして、「なりなり」は、それ相応、「へばの」は、別れの際に、それでは、じゃあねの意味で用いられる。

てっちゃんちのおばちゃん

帰りの通勤ラッシュには　まだ少し間がある
日常の網の目から　どこか宙吊りになった
山手線の車窓を　タソガレドキの風が吹きぬけていった
切なさと甘酸っぱさの靄の中から　とつぜん
てっちゃんちのおばちゃんが
いたるところが脇道で繋がっていた町から
目の前の都会の風景を飛び越えて　やってきた
てっ　てっ　てっと言ってるらしい
身振り手振りで近づいてくる

夕方の仕事が山積みの母が

そちらに気づかぬふりをしてブラウスの裾を引っぱるから
子供の私も慌てて目を伏せ引きずられるように
前のめりの小走りで家路を急いだ

おばちゃんは　てっちゃんたち家族と一緒に
ゴッカンレイカ三十度の満州から
引き揚げてきたのだそうだ
そこは言葉も凍ってしまう寒さなのだという
はるばるふるさとに還ってきて　解凍された言葉はまず
てっ　てっ　てっという塊になって喉から溢れ出てきた
恋い焦がれた故郷の言葉に
乗り遅れてしまう　もどかしさ
てっ　の飛礫のあとは　いつも少しさびしい　痕

風はいつも　どこか遠いところから吹いていた
あの時も　名前のつけようもないものたちが　はみ出てきて

交差するタソガレドキだった
夕暮れになると　シンケーガタッテクルらしい
父の目を盗んで秋刀魚の頭を　よしこと名付けたノラ猫にと
急いでつっかけた母のサンダルは大きすぎて
「よしこっ」と呼ぶのと　つんのめって転ぶのが一緒だった
びっくりしたよしこは　空き地の塀を飛び越え
ヒラリ　あちら側の世界に

てっ　てっ　てっという声に振りむくと
肘にできた傷にハンカチを巻いて　大丈夫だようと
背中を柔らかくさすってくれた　てっちゃんちのおばちゃん
夕日を背負って優しく頷いた
半熟卵みたいだった　おばちゃんの笑顔
よそいきの着物を思いつめた様子で
何度もひろげたり折り畳んだりしていた母
風が　さわさわさわぎ　夕餉のにものや

金木犀　にほふ　ふるさとの路地

てっちゃんちのおばちゃんが
山の上の隔離病棟に入院したと聞いたのは
私がその町を出てからのことだった
おばちゃんが入院する時　あんなふうに無防備に
てっ　てっ　てっとかけよって背中を優しく
さすってくれる人がいただろうか
おばちゃんの歳をとうに過ぎた私の胸に
吊るされたままのあの町の夕日が
ロールシャッハテストのシミのように拡がっていく

Nさんの鞄

虫喰いの枯葉の穴から蒼が滲みだし
フランネルのコートの色に凝縮され
そこにNさんがすっぽり包まれ立っていた
貝殻色のボタンが　ひとつずつかけ違えたまま
渇いた涙の跡のように　ちぐはぐに並び
肌身離さず　カーキに変色した鞄を
斜めがけにかけていた
あらゆる状況に対応できるようになっているらしい
Nさんの不安なこころで　ぱんぱんに膨れあがった鞄
夜中の共同便所に行く時も　いつも一緒
彼がひとことひとこと　その身を震わせながら

言葉を絞りだす時　鞄も同じく身をよじって震えるのだ
どちらへ？
た　た　た　たま　が　が　か　は　ぇ
たまがわが　とほほく
なってゆく　夕暮れ

一生懸命になればなるほど　よけいなところに力が入り
机の脚に蹴躓いて大事なコピーの上に珈琲を零してしまう
七歳と十ヶ月の時から引きこもっていたので
神の領域のままだったのか　白眼のところまで
碧く澄んで濁りがまったくなかった
ヒトの言葉のひとつひとつに　さ迷い戸惑い
答えを求められたりすると頭が真っ白になるのに
鳥や捨て猫や朧な月には　自然に話しかけていた　たまがわで
その日　川縁のトンネルのそばに
蜉蝣のように立ちすくんでいたというNさん

冷気のナイフで
切り取られこぼれ散りゆく　蒼の切片
背後から夕陽の　瀧――――
冬木立ちが鮮やかな切り絵の世界を創りだし
風景や温度　響きが圧縮され
Nさんと鞄が交じり合い記念樹のように
ひとつのシルエットとなって
いつもの冬木立の中に　嵌め込まれた

スチール製の机の上のフォトスタンドの中
Nさんのぎこちない笑顔の翳が夕暮れと
共に濃く深くなっていく　眼差しは無言のまま
問われているのだ　ファスナーの破れていたところから
鞄の中に収まりきらなかった　不安なこころが
噴きあげ溢れでてあたりを覆いつくす頃

数年来愛用の手帖や行動記録表の束や診察券に混じって
鳥の羽や葉脈が透けて見える落ち葉たちが
天を指す祈りの形で並んでいた
恥じらうようなその静けさが　胸を刺す
生き辛さ抱えたカレの言葉を　力持つ言葉があやめ
くぎって　せんひいた痕が　刻まれていないか

Nさんの足あとをなぞり川沿いを歩けば
とほほくのほうで　ぽつんぽつんと
蛍のような火が灯り
大根の葉っぱや葱の先がはみだした
買い物袋を両手に抱え
薄暗がりの　先を見据えるように
一歩一歩　揺るぎない足どりで
すれ違っていく人がいる

昜の字を象って

昜の
字を象り
寛ぐ老猫よ

四角い頭の下の柔らかな
四肢を　斜に揃え
私の動きを　じっと　観察し
気が向けば　占ってもくれる
そろそろ　だね
うん　そろそろ　だろう
四つの目が　頷き合う

くく　へへ　つつ　と　変幻自在な
その　みみ　で
状況を素早く正確にキャッチ
世界に触れ奏でる
音の切れ切れとなる鳴き声も
うわ～ん　まお～ん
うにゃ？
おが～あ
とどめの　しゃ～まで
ひとつひとつに
啓示がこめられていそうだから
なに？　もう一度
聞き返す時は　もう遅い
易の形からマンドリンの後ろ姿に変身し
ゴロゴロ喉を鳴らしてひと休み中

見つめられることで
とけだし　ときはなたれていく
その瞳に映るもの　すべて
風景もたましいも　あるがまま等しく　並べ置かれ
隙間を　光や風とともに
宇宙の切れ端が　往き来する
そのように生きることを
禁じられてきた粒々が
底のほうから
泡立ってくる
大したことなかった
頭蓋骨の小部屋から
捨てられずにしまってあった
たくさんの印を
引き連れて

もう　そろそろ　だね
うん　そろそろ　だよ
猫の棲む時間軸に
迷い込んだ午後
目の前に
蜥蜴の尻尾の
供物が　ひとつ

みゅあ

みゅあ　こころの窪みに
気づくと　もぐりこんでいる
形あるからだの残酷さと　ひとときの有り難さと
ありがたさは　いつのまに
それと気づかぬうちに　通り過ぎてしまう　から
目も耳もからだもいつも　ひらいていたんだね
どんな気配も見落としてしまわないよう
最後の最後　まで

本と本の隙間に我が物顔で
寝そべっていたお気に入りの　場所で

一握りの透明な骨の欠片となって
足もとに絡みつき膝の上に滑りこんできた　形をほどき
気配だけが
積もっていく　あちこちに　落ち葉のように
気配の森と化した夜
記憶の小径を降りていくと
すべてが　予兆に満ちていたと理解できる

快復したと見せかけて　寒がりなのに
なぜ　木枯らしのベランダに出たがったのか
次来る春に　新芽を啄ばむ小鳥たちには
もう会えないと　わかっていたから
すべてを記憶している体から　離れなければならない前に
つかの間　巡りあえた有り難さと
別れなければならない切なさを
あの夏のように　その場所で必死に

みゅあと　残る力をふりしぼって
伝えて　おきたかったんだね

十二月二十三日の昼前
暖かかったので
半年ぶりに洗ったからだは
ふかふかの毛の下で
やけに頼りなくなっていた
のに　その日　客が来ても珍しく様子を伺いに
炬燵から出てこなかった
のに　西陽ばかり無防備に広げたキッチンで
眼の端に入った姿が　かすかに震えているような
気配がした
あの時だったのだ
ありがたさ　が速足で通り過ぎ
うつろう影を　印していったのは

いつも冷たく湿っていた鼻は
かぴかぴに　渇いてきて
こきゅう　が日に日に薄く　きれぎれに
それでも　私のベッドには　骨と皮だけの軽くなった
身で　ひょいっとと見せかけて乗ってきて
耳元で　微かにごろごろっと
残る力をふりしぼり　遺る私を
励ますように　奏でていった
すぐそばにひろがって
いる　底なしの穴に一緒に　どこまでも
引きずられていきたくなった　一月二十八日

みゅあ　あれから気づくと
こころの窪みに　もぐりこんでいる
気配を　あちこちに引き連れながら

脱皮

＊

もういいから　しょっちょしよ＊

ぱしゃぱしゃ　ちゃぽんちゃぽん
よごと　ひたり　ねいった　なみの音
田舎の奥座敷の湿って重たい蒲団の中で
海から遠く離れた邑だったので
祖母の夜鍋の機織の　音　だったのかもしれないし
外の厠で　大人たちが用を足す　音　だったのかもしれない
大きすぎる枕の下は　そのまま海に繋がっていて

波の規則正しい音に包まれていると　母がそばにいない
不安がまぎれ　そこに居てもいいような気になれました

大人の事情が右往左往する場所で
口ごもる子供の言葉は　陽の目を見る間もなく根雪になり
意味など分からずとも　手触りや音いろから
その場の気配や匂いを感じとる癖が身についていて
たくさん傷ついたし　たくさん傷つけもしたとおもいます

がまんづよかったのが　よかったのか　どうか
母が倒れて初めて知った幻肢痛という言葉の　内側
長年酷使した軀から溢れたマグマが
ほんの小さな躓きを狙って一気に反乱を起こし
無かったことにしたものたちが堰を切ったように暴れだし責めたてて
たとえば……

たとえようもなく　命の涯の景色を
それから二年半　ベッドの上で　見つめ続けることに
病室のドアを開けると　いつも　窓の形に切り取られた空のほうに
喰いちぎるような視線を向けていたはずで
雲や木々を吹きすぎる風　叩きつける雨に
逆巻いていた　動けなくなった母の髪
こちらの視線に気づき慌てて不器用な笑顔を繕う
数秒の間に　閉じこめたもの
空はすべてを飲みこんだまま何食わぬ顔で
風にカーテンを柔らかく　膨らませたりするのです
帰り際　剝き出しの空の下で
金縛りにあったように　立ちすくむことが多くなりました

荒々しい肩の息が堪えられないほど続いても
自分の命の終わりは自分でと決めていたのか
身に起こるすべてを確かめるように受け入れ

呼と吸の結びが　だんだん間遠になり最後は
もういいようと踵の辺から　徐々に冷たくなって
　かあさん　きれいに脱皮したね
生きている時の苦しみが刻まれた顔が　すっと
穏やかになった死に顔を撫でていたら
思ってもみなかった言葉が　こぼれでてきました
女三界に家なしなどという言葉が身にしみる時代を
我が身ひとつ頼りに生きて　その身から解き放たれるのを
看取った娘へ　ずっしりと手渡された　印のような言葉でした

＊

裁縫箱の中には　使いかけの色とりどりの糸たち　端切れの針刺し
中指にしっくり馴染んでいた指貫　錆びた糸切り鋏を
同じ仕草で手に取ると　ちりん　ちりんと
鈴の音が　淋しげに主を探して鳴きだし
残った手縫いの着物たちを広げると

和室がみるみる布の海にかわり　金糸銀糸の波間を
くけた糸目が西陽に晒されて　糸遊の島が　浮かびあがり
あるかなきかの片頬で受ける陽が　すっかり翳るまで
あとは　もう降りていくばかりの光は
うつそみをうつろにし　くるよもゆめもひっそりと
膝を並べてうずくまる幼子のように
畳の縁を　ぼぉうと　照らしていました

日を追って深くなる喪失感を句読点で区切っていくように
形見と呼ぶには細やかな品々を　整理している時のこと
夜鍋に精を出しチクチク縫いあげていた反物の
一針一針は切羽詰まった思いをくぐりなお　ふうわりと
角のとれた衣擦れの音を一筋曳いて
その先の地続きの場所に　いうべきこともなく
はだかの心で浸れたあの時があったから
前に一歩　進むことができたのです

＊

あれから二十年が経ち　そらがみさんの中に溶けこんでしまった
あなたに　見せたかったもの　話したかったことが
たくさん　この肩に胸に掌に積もりました

オンとオフの間から滑り落ちてくる
ざらざらのつぶつぶを抱え　ハードな仕事の帰り道
いつものように空を見上げると　冬木立ちの向こうに
半開きの目のような不穏な月が　こちらを斜めに　覗きこみ
瞳のシャッターを切るたびに　空の目玉も移ろいながらついてくる
ああ　今夜は皆既月食だったと　それも何十年に一回という
スーパーブルーブラッドムーンだと気づくのに　少し時間がかかりました
目玉はルビー色の膨らみをもった　まんまるの宝石のように変身して
ゆらゆらきらめきながらゆれて目が眩み　釘づけになり　ゆさぶられ
期せずして空のはて　宇宙の祭りに　誘ってもらっているような

いつのまに　溶けだしていました　積もっているものたちが
あたま　め　みみ　くちびる　くび　さこつ　むね
みぞおち　ろっこつ　こつばん　ふともも　ひざ　ふくらはぎ　かかとをつたって
冬木立ち越しの稀有な月が手招きし　凍てつく大気の冷たさの中を貫いて
どうしようもないものはどうしようもなく　なおさらに
ゆらゆら　うちとそとが　深く静かに響きあっているようでした

もういいから　しょっちょしよ

年相応　人並みのこの世の役割を　あっぷあっぷしながらも
どうにか果たしたような　気持ちになれました
今からは　口ごもった言葉の石ころたちを
掘りあてたり並べ替えたりしてよいのだと
許されているような気がした　瞬間でした
白日夢にも似た月光の

極北の　わ　と　な*　の縁が捻れ　折りかえすあたり　あずましい
祈りでもあり　覚悟でもあるのだと
誰もかわることはできない　それを
いちにちの終わりの　うてなから零れ落ちないように
胸の奥に深く　かざしました
それから

おうな　おんな
しょうじょ　おさなご　あかご
この世で　着せられた　わたし
たちの　仮縫いの糸
　月の鋏で裁ち切って
　脱ぎ捨てて　いきました

*「しょっちょしよ」は、背負わないようにね、「しちょし」は甲州弁でするなの意。

*津軽弁で「わ」は私、「な」はあなた。「あずましい」は落ち着く、気持ちがよい等の意。

あとがき

三十四年前に、縁あって第一詩集をだすことができた。その後、現実を生きていくことと詩を書くことが切り離された時期が長く続いた。その間の平坦ではない日々を、不器用ではあるができることは私なりに何でもやりながら、くぐり抜けてきた。

五十代になってから最近まで、都内のメンタルクリニックで働いていた。生きづらさ抱える人たちの多様な物語を聴く中で、語られるまでの道のりが長ければ長いほど、発せられた言葉に宿る力に、思い至ることが多かった。

ハードな仕事帰りの夜、「もう一度、詩を書きたい」という思いが募り、現代詩の実作講座に入会してから三年が経つ。今回、詩集に収めた作品はこの間に生まれたものである。遠まわりばかり多かったと悔むこともあるが、この詩集が生まれるのには、でこぼこした記憶や時間の傾きが必要だったのだと、今は思いたい。

豊かな詩の世界にお導きくださり、温かく時に厳しくご指導頂いた吉田文憲、野村喜和夫両氏に心より感謝申し上げます。また思潮社編集部の藤井一乃さんが親身に根気よく併走してくださいました。詩集に収められている「記憶の殻」が昨年、浅利ひろ子の本名で出身地の山梨で受賞したことも励みになりました。

これから八ヶ岳の麓に生活を移そうという東京での最後の春に、詩集に関われた贅沢な時間を慈しむ反面、世界中にコロナの現状や情報が重く覆いかぶさっている難しい時代に、どういう未来を描きどう生きていけばいいのか、ひとりひとり深く問われているのだと、立ちすくむ思いがします。

二〇二〇年春

進藤ひろこ

森がたり

著者
進藤ひろこ
発行者
小田久郎
発行所
株式会社 思潮社
〒一六二-〇八四二 東京都新宿区市谷砂土原町三-十五
電話 〇三(三二六七)八一五三(営業)・八一四一(編集)
ＦＡＸ 〇三(三二六七)八一四二
印刷所・製本所
創栄図書印刷株式会社
発行日
二〇二〇年七月二十日